親子共讀故事

小紅帽

嚴吳嬋霞 編著
美心 繪圖

新雅文化事業有限公司
www.sunya.com.hk

親子共讀故事

小紅帽

編　　著：嚴吳嬋霞

繪　　圖：美心

責任編輯：甄艷慈、周詩韻

美術設計：何宙樺

出　　版：新雅文化事業有限公司

　　　　　香港英皇道 499 號北角工業大廈 18 樓

　　　　　電話：（852）2138 7998

　　　　　傳真：（852）2597 4003

　　　　　網址：http://www.sunya.com.hk

　　　　　電郵：marketing@sunya.com.hk

發　　行：香港聯合書刊物流有限公司

　　　　　香港新界大埔汀麗路 36 號中華商務印刷大廈 3 字樓

　　　　　電話：（852）2150 2100

　　　　　傳真：（852）2407 3062

　　　　　電郵：info@suplogistics.com.hk

印　　刷：中華商務彩色印刷有限公司

　　　　　香港新界大埔汀麗路 36 號

版　　次：二〇一五年七月二版

　　　　　10 9 8 7 6 5 4 3 2 1

ISBN: 978-962-08-6354-7

家長學堂

早期閱讀的重要

1. 孩子越早閱讀，求知慾就越旺盛，他們會渴望讀得更好。

2. 閱讀能有效地提高孩子的語文能力，尤其對閱讀理解和寫作能力有莫大裨益。

3. 閱讀令孩子可以涉獵多方面的知識，讓孩子跳出學校課程的限制，有助孩子發展多元智能，擴闊視野。

4. 書中世界廣闊無邊，充滿想像，多閱讀可刺激思考，激發想像，誘發創意。

5. 孩子能從書中學習別人的處事方式，從別人的成敗得失中吸取經驗，讓孩子更懂得應付生活中遇到的各種問題。

6. 閱讀是最重要的學習技能，使孩子自信、獨立，是終身學習的鑰匙。

7. 閱讀使孩子善於表達及善於與人溝通，不論是口語或書寫。

8. 在資訊科技發展一日千里的今天，孩子更需盡早掌握文字技巧，才能在網上遨翔，駕馭資訊。

家長學堂

叢書特色及使用方法

1. 供大人給幼兒講故事及朗讀用。
2. 文字較多，篇幅較長，故事內容較豐富。
3. 當孩子認識的文字逐漸增多，掌握了右頁的文字後，便可讓孩子自己閱讀左頁的文字。

有一天，外婆生病了，媽媽做了蛋糕和點心，吩咐小紅帽送給外婆吃。媽媽對小紅帽説：「你把這籃子蛋糕和點心拿去給外婆吃吧。」

10

彩色插圖，富有童趣。
家長指導孩子看圖畫，
幫助孩子明白故事內容。

我會讀

yì tiān　　wài pó shēng bìng le　　mā
一天，外婆生病了，媽
ma zuò le dàn gāo hé diǎn xin　jiào
媽做了蛋糕和點心，叫
xiǎo hóng mào ná qù tàn wàng wài pó
小紅帽拿去探望外婆。

11

我會讀

1. 供幼兒認字、朗讀用。
2. 文字簡短，字體特別大。
3. 三歲以下的幼兒專注力較
　弱，故事不能太長，須一
　次性講完，家長可選擇右
　頁較短的文字講故事。

書中重複的句式和文字，
使幼兒容易認字和記憶。

5

親子共讀的技巧

1. 父母朗讀故事時，一邊讀一邊用手指着每一個字，將字一字一字的指出來讀給孩子聽，使孩子明白文字和故事是有關係和有意義的。

2. 父母指着文字，由孩子嘗試自己朗讀。如果孩子不會讀某一個字或詞，父母就指着圖畫給予提示。

3. 與孩子用問答形式討論書中的故事情節、人物或主題，例如：大豬用什麼蓋房子？百合花為什麼讓白蝴蝶進來避雨？

4. 要很有耐心，對孩子要多作鼓勵及多給予讚語。

5. 如果為孩子多次重複講述或朗讀同一本故事書，孩子會較快學會自己講述或朗讀故事。

故事的延伸活動

1. 孩子自己講故事。

2. 父母與子女一起朗讀故事，輪流朗讀或講故事。例如：爸媽講述或朗讀左頁，孩子講述或朗讀右頁。

3. 父母和子女分別扮演故事中不同的角色。

4. 改編成小劇本，一家人齊齊參與。

使用二維碼 (QR Code) 聆聽錄音的方法

1. 在智能手機或平板電腦等設備下載可掃描二維碼的應用程式。

2. 在連接網路的狀態下開啟此應用程式。

3. 對準下面的二維碼掃描，便可直接收聽故事錄音。

（注意：如使用流動網路掃描二維碼收聽錄音，會增加流動數據的流量，可能產生額外收費。）

6354_001	6354_002	6354_003	6354_004

粵語版	粵語版	普通話版	普通話版
我會讀	親子共讀	我會讀	親子共讀

4. 你也可在新雅網頁下載錄音，下載網址為：

http://e.sunya.com.hk/download

cóng qián yǒu yí ge piào liang de xiǎo nǚ hái
從　前　有　一　個　漂　亮　的　小　女　孩，
tā cháng cháng dài zhe wài pó sòng gěi tā de yì
她　常　常　戴　着　外　婆　送　給　她　的　一
dǐng hóng mào zi　yīn cǐ dà jiā dōu jiào tā
頂　紅　帽　子，因　此　大　家　都　叫　她
zuò　　xiǎo hóng mào
做「小　紅　帽」。

 我會讀

cóng qián yǒu yí ge xiǎo nǚ hái míng
從前有一個小女孩，名
zì jiào   xiǎo hóng mào
字叫「小紅帽」。

 親子共讀

有一天，外婆生病了，媽媽做了蛋糕和點心，吩咐小紅帽送給外婆吃。媽媽對小紅帽說：「你把這籃子蛋糕和點心拿去給外婆吃吧。」

 我會讀

yì tiān　　wài pó shēng bìng le　　mā
一天，外婆生病了，媽

ma zuò le dàn gāo hé diǎn xin　　jiào
媽做了蛋糕和點心，叫

xiǎo hóng mào ná qù tàn wàng wài pó
小紅帽拿去探望外婆。

shù lín li yǒu wēi xiǎn　　mā ma dīng zhǔ xiǎo
樹林裏有危險，媽媽叮囑小

hóng mào shuō　　　　jì zhe bú yào zǒu xiǎo
紅帽説：「記着不要走小

lù　 yí dìng yào zǒu dà lù　 bú yào hé
路，一定要走大路，不要和

mò shēng rén shuō huà a
陌生人説話啊！」

媽媽說：「記着不要走小路，一定要走大路。」

小紅帽拿起籃子，和媽媽揮
揮手，便高高興興地出門
去。她一邊走一邊告訴自己
說：「不要走小路，一定要
走大路，不要和陌生人說
話。」

xiǎo hóng mào tí zhe lán zi gào bié
小紅帽提着籃子，告別
mā ma zǒu lù dào wài pó jiā
媽媽，走路到外婆家。

小紅帽看見大路旁長滿了野花，很是美麗，便忍不住停下來。她對自己説：「外婆一定會喜歡這些花的，讓我摘一些送給她吧。」

小紅帽一邊採花，一邊離開了大路，竟走進樹林的小路去了。

16

 我會讀

xiǎo hóng mào kàn jiàn lù páng měi lì de
小紅帽看見路旁美麗的
yě huā　　 biàn tíng xià lai cǎi huā
野花，便停下來採花。

「喂，小紅帽，你一個人上哪兒去？」小紅帽抬起頭來，看見一隻大狼站在她的前面。

「外婆生病了，我去給她送蛋糕和點心。」小紅帽說。

「你外婆住在哪兒呀？」大狼問。

「外婆就住在樹林裏面那間小房子。」小紅帽說。

dà láng kàn jiàn xiǎo hóng mào　　wèn tā
大狼看見小紅帽，問她

yào dào nǎr　qù
要到哪兒去。

xiǎo hóng mào shuō　　　wǒ yào qù tàn
小紅帽說：「我要去探

wài pó de bìng
外婆的病。」

19

大狼來到外婆家，在門外敲門。他假扮小紅帽的聲音說：「外婆，我是小紅帽，請您開門讓我進來。」

外婆說：「小紅帽，進來吧，我知道你會來探我，所以沒有鎖上門。」

dà láng jiǎ bàn xiǎo hóng mào pǎo dào wài
大狼假扮小紅帽跑到外

pó jiā wài pó shuō xiǎo hóng
婆家。外婆說：「小紅

mào jìn lai ba
帽，進來吧。」

dà láng zǒu jìn wū zi li   kàn jiàn wài pó
大狼走進屋子裏，看見外婆

tǎng zài chuáng shang   tā pū shàng qián qù   zhuō
躺在牀上，他撲上前去，捉

zhù le wài pó   bǎ tā guān jìn le yī chú
住了外婆，把她關進了衣櫥

li
裏。

dà láng dài shàng wài pó de yǎn jìng hé mào
大狼戴上外婆的眼鏡和帽

zi   chuān shàng tā de shuì yī   jiǎ bàn wài
子，穿上她的睡衣，假扮外

pó tǎng zài chuáng shang   gài shàng bèi zi
婆躺在牀上，蓋上被子。

 我會讀

dà láng bǎ wài pó guān jìn yī chú
大狼把外婆關進衣櫥

li　　chuān shàng wài pó de yī fu tǎng
裏，穿上外婆的衣服躺

zài chuáng shang
在牀上。

不久，小紅帽來到外婆家，在門外敲門。她說：「外婆，我是小紅帽，請您開門給我進來吧。」

大狼假扮外婆的聲音說：「小紅帽，進來吧，我知道你會來探我，所以沒有鎖上門。」

 我會讀

不久，小紅帽來到外婆
家。

 親子共讀

xiǎo hóng mào zǒu jìn wū zi li　　kàn jiàn wài pó tǎng zài
小紅帽走進屋子裏，看見外婆躺在

chuáng shang　　　jué de tā de yàng zi yǒu diǎn gǔ guài　　tā
牀上，覺得她的樣子有點古怪。她

shuō　　　wài pó　　nǐ de yǎn jing hǎo dà a
說：「外婆，你的眼睛好大啊！」

大狼壓低聲音假裝生病說：
「因為我要好好的看看你啊！」

 親子共讀

xiǎo hóng mào zǒu jìn yì diǎn shuō wài
小紅帽走近一點說：「外
pó nǐ de bí zi hǎo dà a
婆，你的鼻子好大啊！」

大狼咳了一下，輕聲說：
「因為我要好好地嗅嗅你
啊。」

xiǎo hóng mào zǒu jìn chuáng yán　　kàn dào dà láng
小紅帽走近牀沿，看到大狼

de yá chǐ　shuō　　　wài pó　wèi shén
的牙齒，說：「外婆，為什

me nǐ de yá chǐ yòu dà yòu jiān lì a
麼你的牙齒又大又尖利啊？」

大狼從牀上跳下來說：「因
為我要好好地把你吃掉。」

親子共讀

小紅帽嚇得丟掉了籃子，拼命逃跑，她一邊跑一邊大叫，驚動了在樹林裏的獵人。

獵人舉起獵槍，「砰」的一聲，大狼便倒在地上，動也不動。

 我會讀

xiǎo hóng mào dà shēng jiào jiù mìng　　 liè
小紅帽大聲叫救命，獵

rén kāi qiāng shā sǐ le dà láng
人開槍殺死了大狼。

親子共讀

獵人和小紅帽走進外婆家，
打開衣櫥，把外婆放出來。
外婆一點也沒有受傷，她們
高興地擁抱在一起。

<ruby>小<rt>xiǎo</rt></ruby><ruby>紅<rt>hóng</rt></ruby><ruby>帽<rt>mào</rt></ruby><ruby>打<rt>dǎ</rt></ruby><ruby>開<rt>kāi</rt></ruby><ruby>衣<rt>yī</rt></ruby><ruby>櫥<rt>chú</rt></ruby>，<ruby>看<rt>kàn</rt></ruby><ruby>見<rt>jiàn</rt></ruby>

<ruby>外<rt>wài</rt></ruby><ruby>婆<rt>pó</rt></ruby><ruby>一<rt>yì</rt></ruby><ruby>點<rt>diǎn</rt></ruby><ruby>也<rt>yě</rt></ruby><ruby>沒<rt>méi</rt></ruby><ruby>有<rt>yǒu</rt></ruby><ruby>受<rt>shòu</rt></ruby><ruby>傷<rt>shāng</rt></ruby>。

不久，小紅帽的媽媽也趕到
外婆家。小紅帽告訴媽媽所
有事情的經過。

小紅帽說：「媽媽，我以後
一定記着要走大路，不走小
路，同時不要和陌生人說
話。」

 我會讀

xiǎo hóng mào duì mā ma shuō　　　　　wǒ
小 紅 帽 對 媽 媽 說 ：「我
yǐ hòu dōu huì tīng mā ma de huà
以 後 都 會 聽 媽 媽 的 話 。」

1. 小朋友，聽完故事，我們一起來複習一下故事中出現的詞語吧！

漂亮　蛋糕　點心　探望

樹林　野花　美麗　衣服

2. 爸媽可以用上面的詞語，參考下面的例子，和孩子玩詞語學習遊戲，幫助孩子擴充詞彙。

舉出同類事物

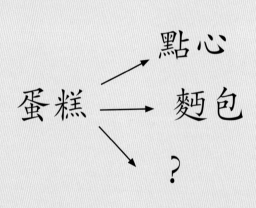

小紅帽要到外婆家去，你能幫幫小紅帽，在下面的地圖上畫出路線嗎？

開始

終點

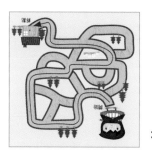

：案答

小紅帽正在採花送給外婆呢！小朋友，仔細看看下面兩幅圖有何不同，請在第 2 幅圖上把不同的地方圈起來吧！

（小提示：一共有 6 個不同的地方。）

1.

2.

答案：

作者簡介

　　嚴吳嬋霞（嚴愛蓮），香港兒童文學作家，曾任職新雅文化事業有限公司及山邊出版社有限公司董事總經理兼總編輯（1995-2004 年）。在香港土生土長，羅富國教育學院畢業後，當了五年中學語文教師。上世紀 70 年代遊學英美，修讀兒童文學與圖書館學，1981 年與何紫等共同創立了香港兒童文藝協會，並擔任第三及第四屆會長（1985-1989 年）。她把國際視野帶進香港兒童文學，在《讀者良友》撰寫外國兒童文學的推介文章；並透過兒童文藝協會的活動，推動講故事藝術及親子閱讀。曾被香港貿易發展局邀請擔任香港書展「兒童天地」籌委會主席，致力推動香港兒童出版事業及青少年兒童閱讀，成績斐然。

　　嚴吳嬋霞多年不斷為香港的小讀者創作及翻譯兒童文學作品，多次獲得中港重要的文學獎項，《姓鄧的樹》1987 年獲得兒童文學巨匠陳伯吹先生創設的「兒童文學園丁獎」之「優秀作品」獎，這是第一次由香港人獲得此獎項。之後多次獲「冰心兒童圖書獎」。